MATTHIAS POLITYCKIS neue Gedichte machen sich auf, die Welt zu erkunden, vom »Bierschiß« bis zum Playmate, vom »roten Tresentelephon« bis zum »flimmernd weißen Wüstenhimmel«. Ob sie dabei kräftig zupacken, ob sie die Anflüge von Melancholie mit Rhythmus und Reim bändigen (ohne je ins Sentimentale abzustürzen), immer zeigen sie, daß jeder Gegenstand es wert ist, in einem Gedicht aufzuscheinen – sofern er nur das Glück hat, von einem Sprachjongleur wie Matthias Politycki bearbeitet zu werden.

Peter Rühmkorf lobte ihn folglich mit klaren Worten: »Das hat bei allem zeitgenössischen Zug im Kamin doch gleichzeitig Tiefgang, und daß neben oder unter der Theke gleich der Acheron mitgluckert, gibt dem von Politycki bevorzugten Genre der Männerballade einen ganz besonderen Wehmutsgroove mit auf den Weg.« (*Die Zeit*)

Acht Jahre nach seinem »reichlich genialen« (*Focus*) Lyrikband *Jenseits von Wurst und Käse* erscheinen nun endlich 66 neue Gedichte – Gedichte, die nicht die lyrische Verwirrung des Lesers bezwecken, sondern ganz unprätentiös den Austausch von Erfahrung: »Oh, wie haben Lyrikmuffel auf so etwas gewartet!« (*Amica*)

*Ratschlag zum Verzehr der Seidenraupe*

## Was dürfen wir hoffen? Was sollen wir glauben? Was können wir tun?

Wir fahren am Morgen
Wir fahren am Mittag
Wir fahren am Abend
Wir fahren
Und fahren

Unsre Nächte sind klein
Und sie knistern vor Kälte
Unsre Tage sind gelb
Voller Glitzern und Glimmern und Gleichmut und Wind

Hinter uns wirbelnder Staub und
Zehntausend zerflüsterte Worte
Mit uns Savanne Savanne Savanne
leergewischt vor uns der Horizont

Wir fahren am Morgen
Wir fahren am Mittag
Wir fahren am Abend
Wir fahren
Und fahren

# I.

# *Westöstliche Konfusionen*

## Das Werk

Der alte Chinese hatte alle Zeit der Welt.
Mit großem Getöse holte er
den Schleim tief aus dem Schlund,
sammelnd ein jegliches, was es in seinen
geheimsten Speiseröhrenfaltungen zu sammeln gab,
den Hals hinab bis ins Gekröse
besuchte und befand er sich.

Anschließend sog er sich die Atemwege frei,
nasenlochaufwärts übern Zungengrund,
nach innen streng den Blick gekehrt, bis er
mit Eifer schmatzte, schnalzte, kaute,
das große Ganze aus den Teilen formend.

Und als er schmeckte, nach geraumer Weile, daß es gut war,
nahm er sein Werk und warf es, ohne
das Leibliche erst lang zu schürzen,
warf's aus der Mitte seines Wesens
direkt auf diese Gehsteigplatte hier,
wo's prächtig aufklatschte, das Werk,
sehr dick und wohlgeraten, eine runde Sache,
gewaltig grün in seiner Art.

Fast hätten sich die Hände mir gefaltet,
fast hätte ich's gestreichelt, dieses Werk,
oder auf andre Weise irgendwie gezeigt,
daß ich an Wunder wieder fest gewillt zu glauben.
So aber eilte ich ins Hutgeschäft,
um wenigstens beim nächsten Mal
gerüstet zu sein für solch einen Meister.

## Bauer im Reisfeld

Was schert's den Bauern im Reisfeld
dort hinterm Deich des Kaiserkanals,
ob ein Langnasenpoet
auf dem Rand einer Zeitung
(die er nicht einmal lesen kann)
versweis versucht,
seine einhundertacht Sorgen
der Strömung anzuvertrauen?

Nichts schert's ihn, nichts.
Wohl aber der Schatten der Wolke,
der gesprungene Deckel der Teetasse,
der pochende Zahn (links unten),
der versterbende Vetter
und auch die Frau von gestern abend,
deren verfluchtes Spiegelbild ihm
hinter jedem Setzling entgegenlächelt,

*das* schert den Bauern im Reisfeld.

## Ratschlag zum Erwerb des Huhns

Gegeben auf dem Markt zu Suzhou von der Hühnermörderin höchstselbst

Schau lang genug hin, deine Mahlzeit
versucht nicht mal, sich hinter hölzernen Gittern
vor dir zu verstecken. Ganz still hockt sie da,
harrt deiner seit Stunden und ist davon schon
recht benommen.

Die Nummer des Kettchens, die ich ihr –
noch während du mit mir das Feilschen versuchst –
ums Fußgelenk lege, die solltest du dir
gut merken. Schau sie noch mal an,
wie sie ohn' Gegacker kopfunter im Topf mit
dem siedenden Wasser verschwindet,
und fürchte dich nicht: Ich halte
sie fest an den Füßen, sie zappelt
nur zwei, drei Sekunden.

Du siehst, wie ich sie in die Tonne daneben
hineinwerfe, die gleich das ruckelnde Drehen
und ratternde Rumpeln beginnt,
ja, begreif es: Gerupft wird die Mahlzeit,
schon zieh ich den Rest, weiß und schlaff und sehr dünn,
raus aus der Maschine – erkennst sie ja noch
an der Nummer des Kettchens –,

und während mein Enkel die Tonne ausspült,
zerhack ich sie. Lediglich Hals mitsamt Kopf
bekommst du im Stück, und das wird dich,
du darfst mir ruhig glauben,
das wird dich erfreuen, das liegt nicht
so leicht auf der Zunge.

## Ratschlag zum Verzehr der Seidenraupe

Gegeben am Straßenrand zu Pusan von einem Schweizer Mundprobendichter

Schau bloß nicht zu lang in den Topf, wo
sie – dunkelbraun brodelnder Sud –
zu Hunderten köcheln.
Schau bloß nicht zu lang in den Becher,
den dir die Verkäuferin füllt: Ist
doch schließlich egal, ob es zwanzig,
ob dreißig von ihnen sind, die deiner
harren.

Fürchte dich nicht, sie sind so lang gekocht, daß
sie wirklich fest schlafen.
Nimm einen der Zahnstocher, wie du sie oft schon
in Würfel aus Käse gestoßen, und – tu's.
Am besten, du zielst in den Rücken der Raupe,
dann mußt du nicht zusehen, wie sie womöglich,
zum letzten Sekundenschmerz kaum sich verkrümmend,
erwacht.

Und, hörst du, vermeide zunächst mal
die hellen, die sind nicht ganz durch,
die spritzen, sobald sie dir zwischen
die Zähne geraten.
Nimm eine der dunkler gesottnen, die liegen,
das wirst du gleich glauben,
die liegen ganz leicht auf
der Zunge.

## Nebel

Der so gern dein Freund wäre

Oder wie eine der kleinen
Koreanischen Inseln
Nichts weiter
Als ein zerfurchter Felsen
Weit draußen im Meer
Wenn's hoch kommt
Mit einer
Taifundurchschüttelten
Krummgedrückten
Flachgekrüppelten
Kiefer oben darauf
Und dir

Darüber kein Himmel
Geschweige ein Vogel
Darüber daneben dahinter davor
Nur kilometerhoch
Kilometerweit
Der Nebel der so gern
Dein Freund wäre
Aber das wäre
Die Kiefer
Wohl auch

## Sogar an den Küsten Koreas

Sogar an den Küsten Koreas gelingt die
Betrachtung der Fettheit des Vollmonds nurmehr in
Gesellschaft von Reiswein: Wie rauscht da das Meer, rauscht

das Schilf, und wie ragt da als Schatten die Kiefer,
wie hängt da die Nacht voller Schildkrötenschiffe,
verzauberter Bären und Drachenwunschperlen

Ist freilich dann die allerletzte Flasche leer,
rauscht bloß noch, hochhaussilhouettenhaft beragt,
rundum das Neonmeer, hängt nur taghell der Himmel,
bis tief hinab auf seine Mittelstreifen flackernd,
voll unentzifferbarer Sinnverheißungen

Und vor den immergleichen Fischlokalen warten
die immergleichen Glasbehälter, bis zum Rand
gefüllt mit Krebsen, Muscheln und mit Fischen, die –
weit aufgerissnen Maules aus dem Wasser springend –
auf unermüdlich gleiche Art ihr Unglück suchen

## Sehr gute Stadt

Seoul ist eine sehr gute Stadt
Für Friseure, Fußbodenheizungen, Feuerfleisch,
Für Fahrer mit weißen Handschuhen
Und Halbmondbären

Seoul ist eine sehr gute Stadt
Für Standuhren, Steckdosenexperten, Blumenschuhe,
Für kriechende Krüppel, Tintenfischhälften
Und die Traurigkeiten der Nebel

Seoul ist eine sehr gute Stadt
Für Räucherrinde, Ginsengweisheit, Himmelschrysanthemen,
Für Hundesuppe, Dreierbsensterne, digitales U-Bahn-Gezwitscher
Und für den Kuckucksruf, der bei voller Fahrt

Die nächste Station verkündet

## Landläufige Leere des Herbstes

Was haben die fallenden Blätter
der Gingkobäume im Diamantengebirg
mit den fallenden Blättern im Buchenwald über
den Kreidefelsen von Rügen zu tun?

Vielleicht ja nur dies: Sie sind gelb,
sind lautlos, sind leicht, sind hüben
wie drüben vom späten Schräglicht
mild umflirrt.

Vielleicht nicht einmal das. Bald werden hier
wie dort die weißen Nebel wunderbar
in knisternd echoloser Kälte bergen,
was man noch jetzt mit Fragen sucht zu fassen
von dieser schrecklich schönen Welt.

# II.

# *Der Blick in meine Wunde*

## Nicht schön

In der Eile eine Katze überfahren
, die dann noch nicht mal richtig tot ist

Den restlichen Abend einer Frau zuhören
, die so sein will, wie sie ist

Einen Baron Rothschild dazu trinken
, obwohl er mindestens seit zwanzig Jahren korkt

Eine Packung Kondome wegwerfen zu guter Letzt
, weil das Verfallsdatum längst abgelaufen ist

: nicht schön.

## Alleine reisen

»für mich!«

ist keine ganz einfache Übung.
Am leichtesten noch gelingt
das Radioeinschalten, das Durchstarten,
sobald du die Auffahrt gefunden
zum neuen Tag. Aber dann!

Restaurants sind zu meiden. Desgleichen Cafés.
Am Meer fahr vorbei, an seinen grünen, grauen Streifen,
laß dich nicht von den Dünen locken, den Leuchttürmen!
Am besten, du verläßt den Highway gar nicht erst.

Deine Lieblingsbeschäftigung gelte
dem Drehmoment des Kilometerzählers.
Dein Lieblingsgedanke umkreise
die Zeit, die du gewonnen, indem du
Geschwindigkeitsbegrenzungen mißachtet hast.
Dein Freund sei der Tankwart,
deine Freundin die Frau, die dir
'nen Blaubeermuffin übern Tresen schiebt.

Fahr so lange wie möglich
(wenn's regnet, ist's gut, wenn's hagelt,
ist's besser), bis tief in die Nacht:
Schau streng den Mittelstreifen entlang,
bis dir die Augen zusammenschnurren vor so viel Zukunft.
Erst dann nimm das schäbigste, hörst du,
das schäbigste Hotel, denn es wird ohnehin kein anderer
als du sein, der darinnen wartet, bis er
nach ein paar Stunden wieder abfahr'n darf.

Und wenn du in dein Zimmer trittst –
mach bloß jetzt keinen Fehler mehr! –,
dann fang sofort an mit dem Warten.
Oder willst du Gefahr denn laufen,
die Nacht mit jemand andrem zu verbringen
als lauter Leuchttürmen und
Meer?

Alleine reisen, vergiß es,
ist keine ganz einfache Übung.

## Schrecklich schöner Tag

»für dich!«

Ein paar Inseln gibt's vor der Küste
von North Carolina, eine Serie an Sandbänken, nicht
viel breiter als die Straße, jedoch
fast zweihundert Meilen lang! nichts
als Leuchttürme, Dünen und graugelbes Gras
und Möwen, natürlich, mit weißen
und mit schwarzen Köpfen

Nun stell dir mal vor, wie ich
in meinem glitzergrünen Chevrolet sitze
und ziemlich oberlässig so durchs Meer fahre:
Der Mann im Radio spielt die passende Musik,
die Aircondition schnurrt ganz sanft dazu, sogar die
Geschwindigkeit hab ich am Lenkrad eingestellt,
im Grunde brauch ich bloß noch
die Augen aufzureißen und die Ohren

Verstehst du,
die Welt hat sich an diesem Tag,
ich will mich wirklich nicht beschwer'n,
hat sich verteufelt angestrengt für mich:
so viele Wellen, so viel leerer Raum darüber,
so viel an weichem Wind und … trotzdem!

Wenn ich daheim bald wieder bin
(in ein, zwei Wochen, vielleicht drei),
dann wird es keinen geben, der
meine Erinn'rung teilt an diesen fastperfekten Tag.
»Ah, interessant«, wird man mir bestenfalls
ein Nicken gönnen, »so 'ne Art Sylt
auf am'rikanisch« …

Aber weißt du,
dieser Tag auf der Straße, im Meer,
der *war* nicht interessant –
der war vielmehr so schön,
daß ich fast lauthals losgeheult hätte
mit meinen vierundvierzig Jahren,
weil ich ja wußte,
weil ich in jeder Sekunde wußte,
daß ich den Rest des Lebens
verdammt alleine bleiben würde mit
all diesen Leuchttürmen, den Möwen, den Wellen,
mit all den Brownies, die ich dabei gegessen,
dem Rootbeer, das ich dabei getrunken,

in meinem fetten Glitzerchevrolet
an diesem schrecklich schönen Tag

## Versuch eines Spaziergangs

New York upstate

*Posted*
*Private Property*
Writing plays, novels, short stories or
aphorisms for any purpose is strictly forbidden
Violators will be prosecuted
*Ledig House, Art/Omi*

Bauchnabelhoch am Anfang Gänse-
geschnatter, schräges Spätlicht,
mild beflirrter Wald.
Und bald darauf schon eine Herde
von jungen Stieren, manchmal brüllen sie.

Berglinienblau umgrenztes Zwitschern,
prall angefüllt mit gelben Blüten, Duft.
Der Rest des Tags beschilfte Tümpel
und feuchter warmer Wind, als bliese er
direkt aus der Karibik bis hierher.

Am Schluß Gebell mit dunkelroter Scheune,
gleichförmiges Gezirpe der Zikaden.
Dann bin ich wieder dort, wo du
nicht bist. Wahrscheinlich schläfst du schon
am andern Ende dieser schrecklich schönen Welt.

## Touristen

Immer sitzen sie vor den falschen Cafés
und warten auf die große Fremde,
immer finden sie alles zu teuer,
immer, im Vergleich zum Prospekt, enttäuschend:
Man kann's ihnen einfach nicht recht machen.

Immer sind es ihrer zu viele
und reich gesegnet obendrein mit Socken,
immer stellen sie die gleichen Fragen,
immer versichern sie einander der gleichen Antworten:
Sie können's uns einfach nicht recht machen.

## Summe meiner Fehlfahrten

Auf den Kilimandscharo hinauf
(den Fudschi, den Feldberg, den Dschebel Musa),
in den Grand Canyon hinab gestiegen
(den Geiranger-Fjord, die Schluchten des Balkans),
jeden Tempel beklettert in Mandalay (Madras),
die Chinesische Mauer abgelaufen
bis an ihre beiden Enden (und den
kompletten Pfarrer-Krempl-Weg in Ottobrunn)

Auch in der Gobi hab' ich danach gegraben,
hab' meine Hände in Saharasand gesteckt,
und in der Zipfelmützenödnis Kappadokiens
entdeckte ich zumindest mal
einen Skorpion in meinem Schuh

Dann fuhr ich nach Finnland, auf die Faröer,
fuhr nach Brasilien, Burundi, nach Belgien,
und schließlich ging ich unter Wasser:
tauchte danach im Roten wie im Gelben Meer,
in der Karibik, im Kleinhesseloher See, im Indischen Ozean

Doch wo ich auch suchte,
ich konnte und konnte und konnte's
nicht finden.

## Kleines Missgeschick

Die schwarz vermummte Frau in Kairo, der –
kaum daß ich ihren eisgekühlten Mangosaft
mir reingekippt (mein leerer Magen, Mittagsflirren,
überm Basar ein mildes Himmelsklirren),
die schwarz vermummte Frau, der ich sofort
das alles wieder gelb vor ihren kleinen Stand
in kaltem Schwall gegeben hab: darüber
ist nie mir ein Gedicht geglückt.

Statt dessen bloß Entschuldigungsgehaspel.
Und wenig später war's vielleicht auch schon zu spät,
ich lag mit Fieber (feuchte Laken, Flüstern, kaum
einmal ein Fliegenschwirren), lag und wußte
ganz klar und deutlich, daß ich sterben mußte
mit dem verdammt beschissenen Gefühl, ich hätte
das Wichtigste dann doch versäumt zu sagen
von meinen meist mißglückten Mangosaufgelagen

in dieser schrecklich schönen Welt.

## Jeden Tag

Salamanca, Salamanca, Salamanca

Hinter mir, dem notorischen Khakihosenträger –
in meinen Silberschnallenschuhen weiß ich
beschwingt den Schritt zu setzen –
hinter mir, auf den Kuppeln der Kirchen,
nisten Störche
jeden Tag, jeden Tag, jeden Tag

Wohingegen vor mir, tja, wahrscheinlich
schon auf dem siebten Hügelhang von links,
erwartet mich – zikadenbezirpt und
libellenbeschwirrt –
vielleicht heute abend,
ganz sicher dann morgen

was weiß denn ich.
Wo ich doch nicht einmal mehr wußte,
daß es noch Kirchenkuppeln gibt,
auf denen Störche nisten
jeden Tag, jeden Tag, jeden Tag

## Schlechte Gedichte auf den Süden

Immer! immer! immer!
müssen es Oliven sein,
muß es das Meer sein, der Mittag, der Staub,
das Gezirp der Zikaden, Geschwirr der Libellen,
das Rascheln der Schatten, das Schweigen der Brunnen,
das leise Lied der Orangen, das ferne Gezeter der Ziegen,
immer.

Dabei sind es doch vielmehr
die fahlen Trostlosigkeiten der Felder,
verfaulende Tiere am Wegesrand,
dabei ist's doch das silbenhaltige Geschnatter derer,
die unterm Dorfbaum drängeln,
ist's die vorüberschwebende Nacktheit der Bauchnabel
und die Sehnsucht nach Frost.

Aber nein,
immer! immer! immer!
müssen es Zypressen sein,
zerrißne Netze, leere Boote, weinrebensanft bekränzte Hügel
und natürlich Oliven,
Olivenhaine, Olivenblätter, Olivenkerne,
immer.

## Hymne auf den wilden Osten
Ballade vom Herrenausflug

Rot war das Tresentelephon
und rot, natürlich, war'n die Zungen, die
rücksichtslos zärtlich nach uns langten –
Zweihundertdollarzungen, Mann, in lauter frisch zurechtgeschleckten
Zweihundertdollarwesen, die mit jeder Menge
bauchnabelfrei gepierctem Charme
und auch noch sonst so einigem,
was man für diesen Preis erwarten durfte –
Zweihundertdollarwunder, die partout
kein Einseh'n haben wollten in
das, was sie, schräggeschminkten Auges,
sich anseh'n mußten:

drei deutsche Dauerredner, wie sie schon die dritte Nacht
in der Hotelbar, Tisch an Tisch mit ihnen,
versoffen – nämlich ohne sie,
die nicht begreifen konnten, was sie
begreifen mußten: daß ein perfekt drapiertes
Zweihundertdollarding nicht annähernd so gut
uns durchzuziehen dünkte wie ein
Gespräch darüber.

Das tat uns, ohne Frage, schallend leid.
Wir rissen uns in raschem Wechsel
zweihundert Herrenpointen aus den Hälsen,
hartnäckig transitive Trinkspruchprosa über
gewisse Einzelheiten und, vor allem, über
die ungewissen:

*Mann-oh-Mann! Kiew zum Beispiel*
*ist eine steilere Stadt,*
*wo man noch richtige Frauen*
*mit richtigen Zungen hat,*
*richtiges Morgengrauen,*
*das Zweihundertdollargebot*
*der Stunde: schon bloßes Beschauen*
*bringt alles aus dem Lot …*

Rot war das Tresentelephon
und rot, wahrscheinlich, war'n auch unsre rundauf-
geschwollnen Köpfe: rot, verostet, voll
der wirrsten Wodkaweisheit. Doch als
wir heimwärts wieder fliegen mußten
mit kranken Kehlen und mit Ohren, in die
kein Wort mehr ging, da wußten wir zumindest,
daß es noch Städte gab, wo man was zu
bereden hatte.

## Wohin, wenn nicht jetzt?

Vor dem Aufheben eines Koffers
rein prophylaktisch in die Knie gehen
(aber immer gewichtigere Hanteln
fürs tägliche Teppichturnen anschaffen)

Unduldsamer werden
gegenüber Details
(jedoch stets nachsichtiger
gegen das große Ganze, die Menschheit schlechthin)

ein Überlebenstraining buchen
im kanadischen Wildwasser
(vorsorglich freilich
die passende Versicherung abschließen)

Erstaunlich häufig
eindeutige Angebote zur Kenntnis nehmen
(das aber bei weitem befriedigender finden
als darauf dann tatsächlich einzugehen)

: Das sind sie schon, die ersten Zeichen,
  drum laß uns hier verschwinden
  (in Brasilien soll's Bäume noch geben,
  die 's auszureißen lohnt)

## Einsamer nie

Ballade vom letzten Rest

Einsamer nie
als an der Copacabana,
wenn zur Novembermitternacht der Frühling weht
und freche Frauen, dunkelbraun
bis in die Spitzen ihrer Haare,
um jeden freien Freier buhlen,
während der Platz an deiner Seite
hartnäckig nur von einem Pils besetzt gehalten wird.

Einsamer nie
als an der Copacabana,
wenn du »Bei Willi« dann den Rest dir gibst,
bequatscht vom Kellnerkerl aus Österreich
und einem Schweizer Rechtsanwalt,
der sein Vermögen – »Weißt du, denen wachsen die
von selber nicht« – mit dem Import
von langen Locken machte: »Kostet so
(mal alles inklusive, auch das Einflechten)
von fünfhundert bis tausend Mark pro Kopf.« Und hält?
»Im Höchstfall, hoffentlich, ein halbes Jahr.«

Doch wenn du dich dann umschaust, sind
die Frauen, die hier akquirieren,
so dunkelbraun alswie zuvor … »Tja, Billigware,
wahrscheinlich von der Konkurrenz«, weiß dir
der Schweizer zu erklär'n: »Geschäfte kannst du
hier nur mit Armen machen,
die zahlen gleich, und sei's
für Plastikhaare.«

Einsamer nie
als an der Copacabana
in solch einer Novemberfrühlingsnacht.

# III.

## *Summe meiner Fehlfahrten*

p

### fluch des kl@mmer@ffen

@m@li@, @m@nd@, @ntoni@ und cl@r@,
cl@riss@, k@mill@, k@rin@ und l@r@,
m@riett@, m@ri@, m@rit@ und s@r@h,
s@brin@ und s@ndr@, t@tj@n@, t@m@r@,
@n@st@si@ und t@nj@,
@lex@ndr@ und @nj@,
@ndre@, @ngelik@, n@dj@ und ull@,
fr@nzisk@, d@gm@r, d@niel@ und trull@,
@lin@, @nnik@, @st@ und @nn@,
n@st@ssj@, @lici@, bilj@n@ und h@nn@h,
p@trizi@, is@bell@, ros@li@, sus@nn@!
nicht zu vergessen n@türlich n@t@sch@.
und m@sch@.

## Die zwei Arten, 'nen Caipirinha zu bestellen

Entweder also! du hängst da am Tresen
und neben dich, plötzlich, drängt sich eine Frau,
das Haar glitzerglatt an den Kopf rangegelt,
und der Rest ist ein Mantel: von Kookaï.
Leopardengemustert. Und daß du's nur weißt:
Der Mantel ist offen und drunter, da wär wohl
ein Body: von Anti-Flirt, Mann.
Dann die Hose: Armani.
Die Schuhe: von Kélian.
Das alles in Schwarz. Und ganz eigentlich stehst du
auf Bier und bist grade dabei, dich vom dritten
zum vierten zu trinken, da sagt sie: Wie wär's
(Und es schwebt dabei nicht mal ein Duft durch die Welt)
Wie wär's, wenn wir beide jetzt –

Oder! du stehst da am Tresen, daneben die Frau,
das Haar angegelt und im Mantel: von Gucci.
Der ledert verdammt-noch-mal schwarz um sie rum.
Damit du's dir ganz genau vorstell'n kannst:
Der Mantel ist offen und reicht bis zum Knöchel
und drunter – na klar: ist der Anti-Flirt-Body.
Der Rock: Helmut Lang. Und
die Schuhe: von Kélian, das weißt du doch schon.
Das alles in Schwarz, und die Strümpfe: von Wolford.
Nein, nicht diese blickdichten, Mann, sondern echte,
die glitzern. Und grade erwägst du,
das vierte Glas gegen ein fünftes zu tauschen,
da sagt sie doch glatt ihr: Wie wär's
(Und es glänzt dabei nicht mal ein Nagellack auf)
Wie wär's, wenn du endlich –

Doch das, Mann! das sind sie bereits, die zwei Arten,
'nen Caipirinha zu bestellen.

## Letzte Nacht

Als wir die Bar betraten (rundum Ruhe)
mußte der Mixer erst mal nach der Brille fassen
um sich präzis auf deinen (zugegeben
nicht eine einz'ge Uhr die noch zu ticken wagte)
präzis auf deinen Ausschnitt einzulassen

Als wir die Bar verließen (rundum Wut, Empörung)
hätte mich jeder gern zur Brust genommen
ich bin gerade noch mal (zugegeben selbst
das Eis in all den Gläsern war zerflossen)
bin lediglich auf Widerruf davongekommen

Doch selbst hier draußen noch in dieser Leere
einer vernieselt mild gestimmten Nacht (ja sollte
kein Stern mehr glüh'n der sich für dich jetzt
mit Vehemenz vom Himmel runterstürzen wollte)
sogar hier draußen läufst du immer noch als
Ausrufezeichen während ich nicht mal von fern

zum Fragezeichen tauge (zugegeben
die Stadt schweigt dir zu Füßen linksrechts lauter
erstarrte echolose Orte)
nicht mal zum Komma tauge wo ich doch so gern
ein Punkt zumindest wäre für all deine
wild in die Welt geworfnen Worte

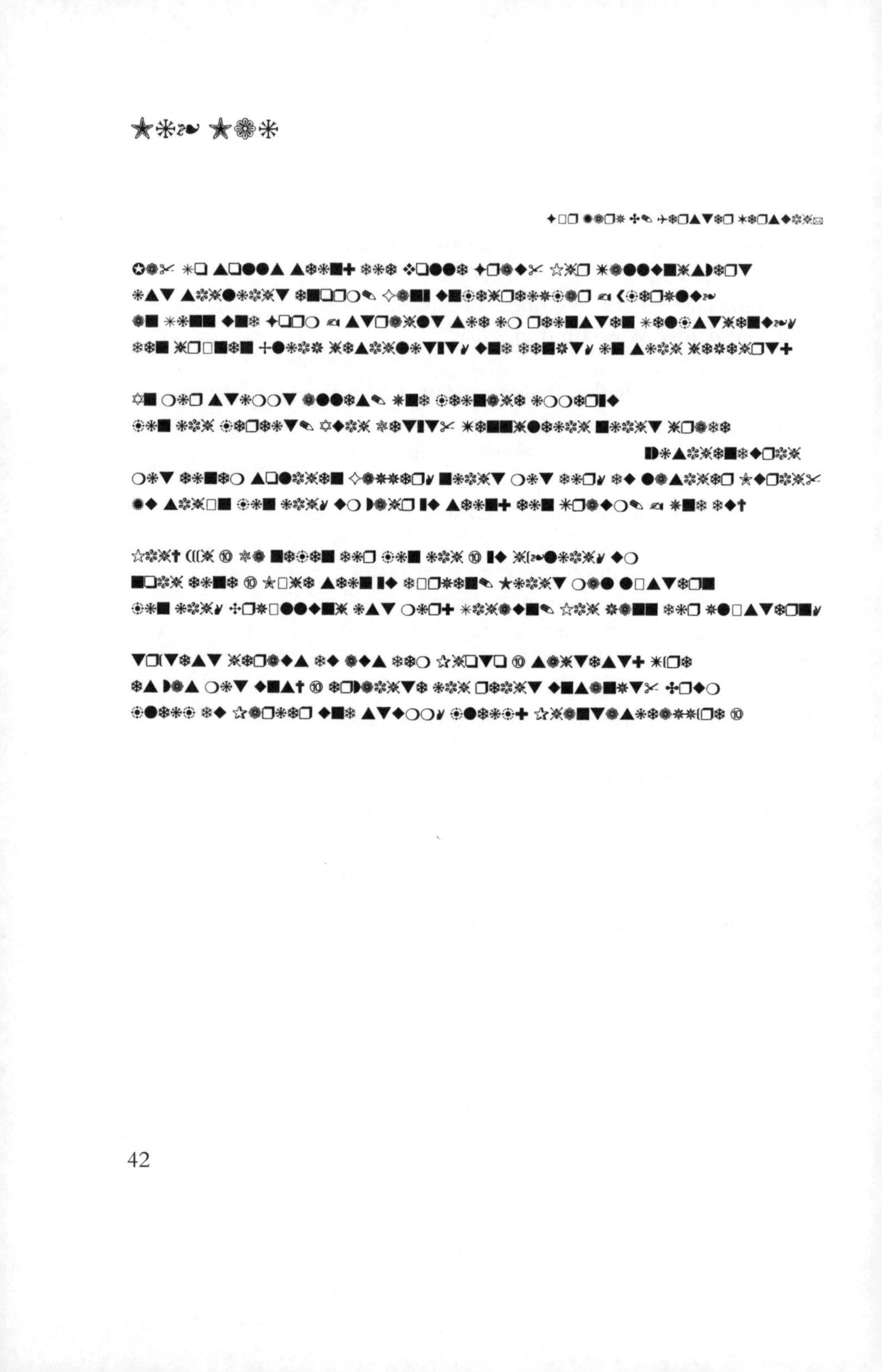

## Halt's Maul und sei schön!

Zwischenruf eines dicht behaarten Mannes

Hey, Baby,
wie wär's, wenn du jetzt endlich mal
die Klappe hieltest? Und statt dessen
den Rest an dir zum Tönen bringst?
Denn morgen früh,
wenn nachbarliche Wecker weckern
und groß das Rauschen anhebt in der Wand,
dann ist's ja wieder mal zu spät
für allerhand.

## Frauen. Naja. Schwierig.

I.

Frauen. Naja. Schwierig.
Mitunter werfen sie, unaufgefordert,
die hauseigene Windmaschine an,
erzeugen wundervolles weißes Rauschen,
so daß man dabei unbemerkt
ihr Handgelenk betrachten kann,
die Halsschlagader, Nasenwurzel, Wimpernwölbung,
jedenfalls bis sie
ihre berühmteste Frage stellen.

II.

Frauen. Oja. Schwierig.
Mitunter werfen sie einem, unaufgefordert,
knallharte Kardinalitäten an den Kopf
wie Sag-mal-glaubst-du-denn-im-Ernst,
Meinst-du-nicht-auch-wir-sollten-uns,
so daß man nicht mal Möglichkeiten findet
zur Leberfleckbetrachtung,
weil sie in jedem Moment
ihre berühmteste Antwort geben könnten.

III.

Frauen. Jaja. Schwierig.

## Halt's Maul und sei schön!

Zwischenruf einer dicht behaarten Dame

Hey, Baby,
wie wär's, wenn du jetzt endlich mal
die Klappe hieltest? Und statt dessen
den Rest an dir zum Tönen bringst?
Denn morgen früh,
wenn nachbarliche Wecker weckern
und groß das Rauschen anhebt in der Wand,
dann ist's ja wieder mal zu spät
für allerhand.

## Westfälische Konfusionen

Die Heiligkeit der Haut des Halses
ist nicht Verkündung nur
für Popen und Poeten

Streichelt man mit den Spitzen
vom Zeige- und vom Mittelfinger
streicht man ganz kurz darüber hin
wachsen ihr wundersam
zahlreich die Leberflecken zu

Ermannte man sich freilich
und erwachte
wäre sie wieder profan
die Haut des Halses
wäre prosaisch und leer

## Sonntagnachmittagserklärung

Wenn ich dann doch einmal – ich kann's mir
ja eigentlich nicht so recht vorstell'n – wenn ich
dann doch einmal gestorben bin,

dann leg ich mich als dichtes warmes Vlies
(im Sommer wahlweise als Seidentuch)
ganz fest um dich herum. Damit wir
für immer beieinander sind.

Ich sag das lieber heute schon, man weiß
ja nie. Jedoch in Wirklichkeit kann ich mir gar
nicht ausmal'n, daß du irgendwann ganz ohne mich
am Fenster sitzt, den Blättern zusiehst, wie sie
von den Kastanienbäumen fallen … Drum

sag ich jetzt bloß: Der Kuchen, den du da gebacken,
der schmeckt wie sonst. Allein für dieses kleine Lächeln,
wenn du erst mir, dann dir Kaffee einschenken willst:
für dieses kleine Lächeln wäre ich noch immer
bereit, mein Leben hinzugeben. Oder
vielleicht auch erst mal meine Tasse.

## Schlussworte, kubanisch

Wenn du mich also morgen früh verläßt,
so sag zum Abschied bitte bloß – Oh Mann,
schau mich doch nicht mit solchen Augen an! –,
sag bloß: Mach's gut, bis heute abend dann
um kurz nach acht, wie immer … Du, im Hals
spür'n wir ja sowieso: Das ist nichts als
gelogen

Gerade deshalb sag's, versprich es mir.
Und jetzt dreh die Musik noch einmal auf,
hol uns die allerbeste Flasche ran –
und schau mich nicht auf diese Weise an!
Um so zu schau'n wie du, da bleibt uns doch
ab morgen früh das ganze Leben noch
viel Zeit

# IV.

## *Abträgliche Nebenwirkung von Kioskbesuchen*

1992 – Dein Jahr als Playboy

*Playboys Playmate des Monats: Nicole Frese*

Lebt in Tremsbüttel bei Hamburg: »Ich würde nie in die Stadt ziehen. Da ist es mir zu schmutzig, zu laut und zu gefährlich.« Der *Playboy* rühmt sie mit den Worten: »Wenn Playmate N. F. die Hanteln schwingt […], kommen Männer schnell ins Schwitzen.«

## Miss Januar

Steil stehst du da. Aus schlanken hohen Hacken
durch halterlose Strümpfe wächst du auf:
zur Hälfte Bein, ein straffer Glücksverlauf
und voller Stolz bis in die blanken Backen.

Der Rest: ein runder Dauerwellenhaufen,
ein Zahnfleischlächeln, lau und ungewiß,
ein lidloses Geblicke voller Schiß
zu animier'n – das Jahr wird still verlaufen

mit dir, in edler Einfalt, niemals schrill
genug, um Phantasien hochzuzieh'n außer von Hinz
und Kunz. Ein wahres Frolleinwunder der Provinz

bist du, dem es an Wildheit, Abgrund, Nacht gebricht –
ein Tagesding, das, statt zu vögeln, kuscheln will:
Neinein, ins Schwitzen kommt man bei dir nicht.

*Playboys Playmate des Monats: Tanja Götzl*
Geboren in Kempten, 1988 Miss Ostallgäu: »Wenn ich in Stimmung bin, möchte ich heiß und erotisch abtanzen.« Dazu der *Playboy*: »Baby you can drive my car«. Nämlich einen knallroten US-Oldtimer, jedenfalls fürs Photo-Shooting.

## Miss Februar

Zwar bist du nackt, doch wünschte ich, du wärst es nicht.
Dein Blick ist bieder und dein Fleisch: entsprechend flau
und schlecht organisiert von Kopf bis Knöchel: Schau,
wie deine Allgäuhaftigkeit im Schuh ersicht-

lich schwillt. Und wächst und blüht und sich mit rosa Fummel
und Kettenfirlefanz meerschweinchenhaft verziert!
Mit neckischem Tamtam gar prächtig ausstaffiert,
legst du dich wohl auch hin, du untaillierter Pummel,

und *läßt* dich pudern. Quiekst dabei in kurzen kleinen un-
erbetnen Tönen ... Wer dich pudern *wollte*! Jäh zugrun-
de ginge der; und schöner saufen kann dich keiner. Hier

hab ich's versucht, doch selbst nach sieben Bier
sahst du erregend aus wie ein Stück Speck.
Während stets roter wölbte sich der Cadillac.

*Playboys Playmate des Monats: Tanya Beyer*
Sitzt auf dem Tresen einer noblen britischen (?) Hotelbar, rustikal teilbekleidet, vor allerhand Flaschen und einem Glas Frischgezapftem.

## Miss März

Welch Schottenmustereien frönt dein Photograph?
Als Karovorhang inszeniert er dich, als rot-
schwarzrotes Tischleindeckdich, dazu Bier. Idiot!
Was denkt der sich? Du ahnst es nicht und häschenbrav,

Prost-Mahlzeit, starrst du durch ihn durch. Erkennt er dich?
Wohl nur als Trinkbeilage. Ach, dein Fleischesleuchten,
die Handvoll Glanz um deine Brust und um die feuchten
verschnürten Flanken zeigt, was in dir lauert. Brich

dir doch mal einen ab, den Vorhang auf und raus
aus diesen Tischtuchalbernheiten (Mensch, ein Graus
sind auch die Stiefel)! Dann: Paillettenschick

um dich drapiert, 'nen Drink dir in die Hand gedrückt,
so kriegst du ganz von selber auch 'nen feuchten *Blick*.
Dein Photograph ist allerdings schon ausgerückt.

*Playboys Playmate des Monats: Ilka Schüttelkorb*
Im gleichen Heft: Shelley Michelle, laut *Playboy* »Hollywoods teuerstes Ersatzteillager«, sprich, Körperdouble von Kim Basinger und Julia Roberts, »wenn's den Stars zu heiß wird«.

## Miss Schüttelkorb

Da liegt sie hingeweht im Dünenschwung, gereift
zu scheuer Willenlosigkeit, aprilfrisch griffig,
ein sanfter Frühlingshorizont, so wölbungspfiffig!
Warum mein Auge trotzdem in die Ferne schweift?

Weil: Fern im Heft, da liegt und lockt das ganze Land
der unbegrenzten Möglichkeiten, Lee wie Luv,
in einem Frauenleib, den sich ein Faun erschuf,
da bocken selbst die Worte, leisten Widerstand,

wenn man noch reden lange wollte statt zu tun,
ein jeder Satz geht in die Hose, tralala …
ganz sprachlos steht man, weiß nicht ein noch aus noch ein –

und weiß es doch! Vom Scheitel bis zum Frack, oh ja,
wächst und gedeiht und drängt und drückt das ganze Sein.
Der Frühlingsdünenschwung, *der* darf inzwischen ruh'n.

*Playboys Playmate des Monats: Tonja Christensen*
Eine amerikanische Blondine in Barcelona, die laut *Playboy* »Probleme mit der spanischen Macho-Kultur« hat. Dieser Behauptung zum Trotz lautet ihre Steckbrief-Antwort auf die Frage nach dem idealen Mann: »Der mich nimmt, wie ich bin.«

# Miss Mai

Ja! So soll's sein: die volle Frau! Ihr Wallungswert
ist schlicht enorm. Ganz unbegreifbar – Überfluß
an Sinn und Form – strahlt sie im reinsten Selbstgenuß,
den grünen Blick geschlitzt, und denkt: »Wer mich begehrt,

ist sicher dick und dumm und glaubt ganz ungeniert,
ich wäre immerzu bereit! Und gar ad hoc
mit ausgerechnet ihm, dem alten geilen Bock!
Doch bin ich viel zu schön, um wahr zu sein – kapiert?«

Kapiert. Daß viel zu wahr man neben dir wird, um
was andres noch zu sein als dumm, das stimmt. Doch lüstern,
hier irrst du, wird man eben nicht! Ich kann dir flüstern,

trätest heraus du aus dem Photo, sagtest: Wäre
es was mit uns? … fänd' ich das ziemlich lästig. Drum
bleib, wo du bist, und stumm, bleib: Silikonchimäre.

*Playboys Playmate des Monats: Martina Moculescu*
Eine siebzehnjährige Münchnerin, mittels Schnürstiefel, zerrißner Feinrippunterwäsche und Schlapphut als kumpelige Outlaw-Romantikerin inszeniert; ihre Steckbrief-Antwort auf die Frage, warum sie Playmate geworden sei: »Weil ich meinen Bekanntenkreis schockieren wollte.«

## Miss Juni

Der reinste Knabenmorgenblütentraum! Man sollte
vor Ehrfurcht gleich ein wenig beten, leicht verschreckt,
zu diesem Mandelaugenrätsel: Oh wie unbefleckt …
Ja wenn sie müssen dürfte, wie sie können wollte!

Dann wäre sie vielleicht ein träges braunes Tier
in fernen Dschungeln, wenn sie stiller werden: Haut
und Knochen, Sehnen, Muskeln, weich und wohlgebaut,
ein mienenloses Kauern. Und sie zeigte dir

nicht mal die Zähne, würde dich nicht mal fixieren …
Doch wenn sie endlich spränge, würde sie zerreißen,
und wenn sie liebte, würde wütend sie zerbeißen –

Statt dessen muß sie sich hier bagatellisieren
zur sanften Jungfrau, sich mit Makellosigkeit maskieren,
auf daß wir uns vor ihr nicht in die Hose schielen.

*Playboys Playmate des Monats: Claudia Breuer*
Soll dem *Playboy*-Leser »den Pott [zeigen], Deutschlands ehrlichste Ecke«. Liegt mit geschlossenen Augen und kräftig geschminkten Lippen auf der Wiese, umzingelt von sieben gutgelaunten Gartenzwergen. Dazu der *Playboy*: »Ruhrpott-Leute sind solidarisch. Sie wissen: Gefahr droht immer nur ›von oben‹!«

## Miss Juli

Ein Hauch von Ohnmacht, allen Blicken preisgegeben,
im grünen Gras, bewacht von sieben Gartenzwergen
und hingestrapst im Netzstrumpf hinter sieben Bergen:
So weiß wie Schnee, so rot wie Blut, so schwarz wie Eben-

Halt, halt! Schneewittchen, hatte es so breite Lenden?
War rein es nicht und unblondiert, am schönsten gar im Land?
Was hier jedoch sich offeriert als Glück am Wegesrand,
liegt allzu nah, ist Hausmannskost, von *beiden* Enden

gleich schnell zu schlingen. Ja, wer würde seinen Hunger
da nicht kurz stillen? Sich die feisten Lippen lecken
und sich von dannen machen: Längst ist sie vergessen

von jedem Märchenprinz, ist ein gefundnes Fressen
für kleine Kerle und ihr wichtelndes Gelunger.
Ob denn die Zipfelmützen sich bald noch mehr recken?

*Playboys Playmate des Monats: Dulce Maria Neves*
Schon im Editorial als »erste Playmate aus Brasilien« (sic) angekündigt. Steht mit nassen schwarzen Haaren, deren Spitzen sich um die Brustwarzen kräuseln, vor einem Spiegel, ihr Trägerkleid hüftwärts herab- bzw. hochgezogen, und zeigt einen weißlich schimmernden Körper. Auf die Steckbrief-Frage, was ihren Traummann denn erwarte: »Alles, was du dir vorstellen kannst, und noch ein paar Sachen mehr. Der einzige, der uns beobachten wird, ist Gott selbst.«

## Miss August

Der Mythos willst du sein des wilden Südens und fatal
auf diesem Bild, von dem du allen Ernstes sagst, es sei
»der erste Schritt vom langen Weg zum Ruhm«? Ganz zweifelsfrei!
Falls du nach vorn stets strebst. Doch drehtest du dich nur einmal,

versteintest du vor deinem Spiegelbild, zernichtet
von dem Medusenhaupt, das dir entgegenstarrte
auf dem Medusenkörper, der dort deiner harrte,
gedrungen, blaß, mit Gleitfilm spermizid beschichtet.

Am besten wär's gewiß, du würdest nicht mal zucken –
dein Haartang wachte sonst zu krakenhaftem Wimmeln
wohl auf, aus deiner Grotte glitschte glatt ein Molch

und unterm Taillenneglige, da schreckten solch
zahlreich die Kakerlaken auf, daß … bloß nicht schlucken!
Nur noch ein Kammerjäger würde sich bebimmeln.

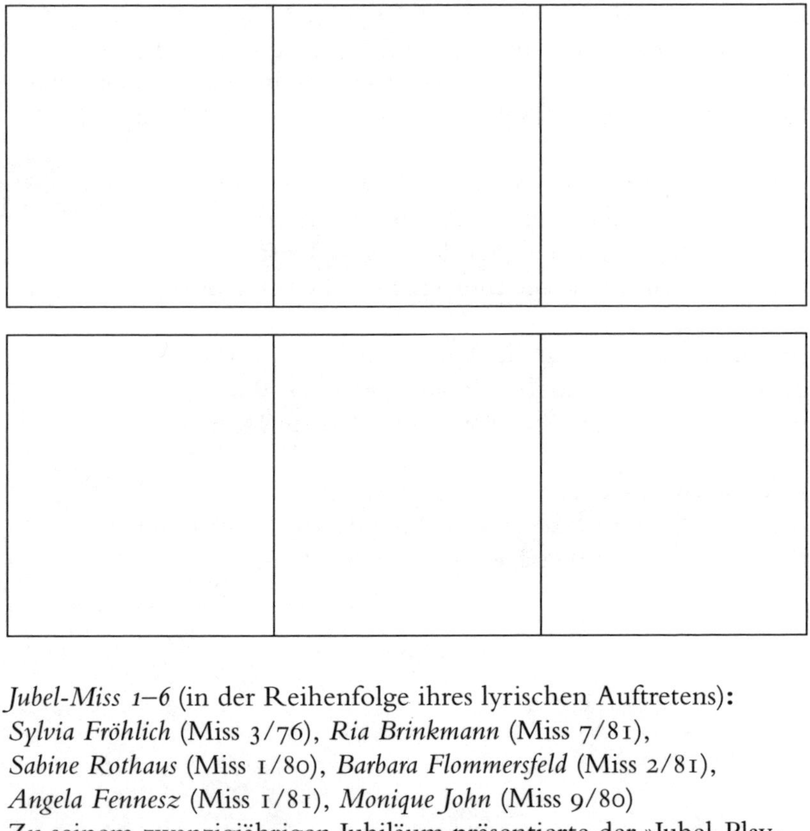

*Jubel-Miss 1–6* (in der Reihenfolge ihres lyrischen Auftretens):
*Sylvia Fröhlich* (Miss 3/76), *Ria Brinkmann* (Miss 7/81),
*Sabine Rothaus* (Miss 1/80), *Barbara Flommersfeld* (Miss 2/81),
*Angela Fennesz* (Miss 1/81), *Monique John* (Miss 9/80)
Zu seinem zwanzigjährigen Jubiläum präsentierte der »Jubel-Playboy« anstelle eines Playmates sechs »Jubel-Missen« von einst in aktuellen Aufnahmen: »Kein Geburtstag ohne Ehrengäste!« Sie durften sich dann auch den Platz auf dem Centerfold (einschließlich dessen Rückseite) teilen.

## Septemberauslese

Des Knaben Wunderhorn, zwecks Jubiläumsjubel,
wird reich beschenkt mit sechs Altvorderen der Häschenfront:
'nem Laubfrosch, der sich selbstverliebt sein Bäuchlein sonnt;
'ner Fledermaus, die sich entfalten will im Trubel;

'ner Säulenheil'gen, unwirsch derb im Blick; sowie
'ner weiteren, elephantös, rundum entgleist;
*und* mit zwei Vorstadtludern, ungealtert dreist
steh'n sie und blasen sich, geschürzten Munds, die Melodie

der Lust auf dies und das und … Mein Gott, ja! Hier
schwillt der Schwanz
wohl jedem rechten Kerl, der die laszive Eleganz
zu lesen weiß, die sich auf lose Lippen legt beredt –

*Noch* ein Jahrzehnt: Ob unserm Jubelfrauenzimmer
auch dann das Jubiläumstamtaram bis hierhin steht?
Egal, ein Knabe altert nicht, dem steht es immer.

*Playboys Playmate des Monats: Echo Johnson*
Als »schöne Tochter der Wüste« photographiert vor einem palisadenartigen Zaun in New Mexico, zwischen den Querbalken ein leuchtender Himmel. Echo Johnson: »Ich liebe die unberührte Natur.« Und auf die Steckbrief-Frage, was sie denn liebe: »die Natur.«

## Miss Oktober

Das Blau des Himmels und darunter, ringsumher,
nichts anderes als Gegend. Plötzlich dann ein Zaun!
Mannshoch vernagelt er mit Brettern, breit und braun,
die ganze weit're Welt. Was wohl dahinter wär'?

'ne Frau! Was sonst. Und keine, die als kalte Pracht
vor all den bloßen Balken (was für ein Empfang!)
fußkettchenhaft sich ziert: auf daß man nur den Drang
verspüre, sie als Zirkusnummer (wohlbedacht

und kühl) mit Messern zu umwerfen, statt sofort
sie durchzunummern – ja, das wär's – bis ins Tezett!
De facto zeigt sich freilich eine ebendort,

die nicht mal Rhythmus bringt ins eigene Sonett.
Den liefern Land und Zaun, das tiefe Blau des Himmels
und diese ew'ge Ruhelosigkeit des Poeten.

*Playboys Playmate des Monats: Maja Russi*

Aufgewachsen in Meran. Steht, die Hände in die Hüften gestemmt, vor einer weißen Wand und trägt aufwendig verrutschte Spitzenunterwäsche. Dazu Maja Russi im Steckbrief: »Jeder von uns muß einen Beitrag leisten, um die wirklichen Probleme dieser Welt endlich mal anzugehen!«

## Miss November

Satin und Glanzlack! Leder! Samt und Seide,
um jede Art von Frauenfleisch herumgestrapst:
das stählt zu steilsten Hoffnungen (wenn wir verjapst
am Kiosk stehen) – welche Augenweide!

Doch der November bringt als Hochglanzkonzentrat
nur eine Rentnerphantasie – so wild
wie eine weiße Wand: *das* Werbebild
für Safer Sex –, ein Busensurrogat

das neckisch schielt aus einem sehr präzis
verrutschten Büstenhalter, hüftwärts überdies
in selbstgehäkelter Folklorewäsche.

Hand auf die Hose und der Wahrheit eine Bresche:
Ob diese südtirolerische Maja Russi
verhäkelt ist bis an das Ende ihrer Tage?

*Miss Dezember: Svetlana, die Euro-Playmate* (sic)
Der »Euro-Playboy« (»Spezial-Ausgabe«) bezeichnet die Frankfurterin Svetlana Asanin nur im Inhaltverzeichnis als »Playmate des Monats«. Als Centerfold steht sie, die für »außergewöhnliche Fotos an außergewöhnlichen locations« mit der »Euro-Playmate-Truppe des *Playboy*« »durch ganz Europa« touren mußte, nackt zwischen acht Dudelsackbläsern. Diese, in voller Folkloremontur und mit vollen Backen ihrer Bestimmung lebend, würdigen sie keines Blickes.

## Miss Euro-Playmate

Wenn sich acht Männer so bemüßigt fühl'n, ganz offiziell
auf ihren Säcken sich ein Ständchen vorzublasen,
daß sie die Frau glatt überseh'n, den nackten Hasen
in ihrer Mitte, wär's dann ratsam nicht, sich weg sehr schnell

zu dreh'n, zum Dudelsack zu greifen nach Ermessen
und gleichfalls sich ein Solo abzupfeifen? Gut, auch wir
gestehen gern: Svetlana, dieses Euro-Fabeltier,
der Geilheit letzter Schuß, der ist sie nicht. Indessen

sie dauert uns. Von allen Photos nämlich, die wir je
geseh'n im »Playboy«, ist's das dümmste – Lüsternheit ade! –,
ein übler Scherz auf ihre und auf unsre Kosten:

Es macht zu Männern uns auf längst verlornem Posten.
Fürs nächste Jahr, ihr Redakteure, laßt euch sagen:
Wir wollen wieder ordentliche Versvorlagen!

# V.

# *Beim nächsten Bier wird alles anders*

## Neulich am Wasserloch: Wie einmal ein Franzose, ein Engländer, ein Koreaner, ein Portugiese, ein Ami und ein Deutscher das Grosswild belauerten

*Mit Auftritt des letzteren*

»Schüt!«
»Hasch!«
»Schitt!«
»Pschiu!«
»Schusch!«
»Pssssssst!«

*»Uuaaaarrrrghh!!«*

## Kein Afrika nirgends

Was wollen dir die Warzenschweine
auf den Verkehrsschildern in Namibia sagen?

Die Straße schwarzgeteert,
ein Strich durch gelbes Gras,
die Mittagssonne hoch im Norden,
nur wenn du großes Glück hast, dann
am Horizont sehr rot ein Berg;

doch falls du immer noch erwartest,
daß hinterm übernächsten Strauch
ein Löwe Dienst nach Vorschrift macht,
um dir ein Rudel wildentsetzter
Gazellen vor den Kühlergrill zu treiben,

dann hast du es noch immer nicht
begriffen, was in diesem Lande
von jedem mal begriffen werden muß, und sollst
zur Strafe so – den ganzen Tag gradaus –
bis nach Botswana weiterfahren

: *Das* wollen dir die Warzenschweine
auf weißem Grund, mit rotem Rand,
das wollen dir die Warzenschweine sagen.

## Die Strafe

Zu jedem Kaff der Kalahari
führt eine frischgeteerte Straße
mit makellos markierten Mittelstreifen
und schilderreichlich avisierten Parkbuchten
samt Papierkörben!

Sagt mal,
nur nebenbei gefragt,
wer leert die denn
und hoffentlich zweimal pro Woche?

Und wer legt dieses Tonband ein,
von dem uns manchmal Brüllen bis
zur nächsten Kurve zugespielt wird?

Und bitte wer hat hier, ist das nicht etwas übertrieben,
ein Zebraskelett auf den Seitenstreifen hindrapiert?

# Standhaft bleiben

Standhaft bleiben
wenn sämtliche Mitreisenden
schon an der ersten Souvenirnippes-Bude
mit Holzgiraffen hängenbleiben
: und sich auf Holznashörner konzentrieren

Standhaft bleiben
wenn die Oasenkneipenkellnerin
dir ihren Körper anzudreh'n versucht
oder zumindest den der Kollegin
: und gleich ein »Tusker« nachbestellen

Standhaft bleiben
wenn dir auch noch der zweite Reservereifen platzt
wo du doch weißt daß sich dein Essensvorrat
auf eine Packung Zigaretten nur beläuft
: und erst einmal den Brennwert überprüfen

Standhaft bleiben
wenn über dir bereits die Geier kreisen
solang ein totes Zebra neben dir liegt
das noch nicht völlig abgenagt ist
: standhaft bleiben

## Sphärenmusik

Wo gäb's noch einen Vogelschwarm,
der die Sonne verdunkelt,
wo einen Berg,
den's abzutragen lohnt?

Aber es gibt doch den Himmel,
den flimmernd weißen Wüstenhimmel
mit lauter leerer Stille drunter, die du –
wärst du ein Ohr aus Stein und Sand und Liebe –
an jedem Mittag neu belauschen könntest
in ihrem innersten Getriebe

Wo gäb es noch Gestöhn von Löwen, das
den Schweiß heraustreibt auf die Stirn,
wo noch ein Wasserloch,
das auszutrinken lohnt?

Aber es gibt doch den Himmel,
den sternüberfüllten Wüstenhimmel
mit einer Milchstraße, die du – wär' sie
ein nasses Handtuch voll von Lichterfunkelpracht –
bis hin zum Morgengrau'n auswringen könntest:
und dennoch wär' kein einz'ger sternenlos trockner,
kein dunkler Fleck herauszuwinden aus der Nacht

## Drei Einbaumfahrer im Okavango-Delta

*Einen Khakihosenträger flußabwärts befördernd*

»Dschiii – Nikamopúko?«
»Kelélemabángo.«
»Nahálemapíko?«
»Kalabíhimaschíka.«
»Hmmm ...«
»Hmmm ...«

*»Ey – you eat hippo?«*
»Oh, nice eat, nice eat!«
»Nice eat, oh, nice eat!«
»Nice eat, nice eat, oh!«
*»Hmmm ...«*

»Dschiii – Vabonnávaheéle?«
»Kakokwánemakáu.«
»Mikahéledschemén?«
»Kidschimínagohokémma Japukoheischagémma! Midschanakardekénna Talihabéndamikádonalútarabánnasabúkatabárrebunemón!«
»Hmmm ...«
»Hmmm ...«
*»Hmmm ...«*

## Botswana-Blues

Einen Fluß gibt's im Norden
der Wüste, der findet den Weg nicht
zum Meer, der versiegt, ein riesiges Delta,
zigtausende Quadratkilometer! nichts
als Papyrusdickicht, Seerosen, Reiher
und Fischadler, natürlich, mit weißem
und mit schwarzem Gefieder

Nun stell dir mal vor, wie ich, verkleidet
als Khakihosenträger, in 'nem Einbaum liege
und mich durchs Schilf chauffieren lasse:
Der Mann im Heck, der mich (mit nichts
als einem langen Ast) irgendwohin befördert,
summt mir sein schwarzes Lied dazu,
im Grunde bräucht' ich bloß mitunter
'nen Schwarm winziger Fliegen wegzuwedeln

Verstehst du,
die Welt hat sich an diesem Tag,
ich will mich wirklich nicht beschwer'n,
hat ziemlich sich ins Zeug gelegt: so viel
an fremdem Grunzen Rascheln Sirren Schnalzen,
so viel Blätter, Halme
die hinter uns zusammenschnurrten …

Wenn ich zurück jedoch bald bin aus diesem
Papyrusparadies (in zwei, drei Tagen, vielleicht vier),
dann wird es niemand geben, der
meine Erinn'rung teilt an diesen still vergluckten Tag.
»Ja, interessant«, wird man vielleicht noch halben Herzens
mir zugesteh'n, »so 'ne Art Donaudelta
auf afrikanisch« …

Aber verstehst du, dieser Tag
unter der trägen Sonne, schilfbeschützt,
der *war* nicht interessant,
der war vielmehr so schön, daß ich ihn
am liebsten gar nicht erst erlebt und am zweitliebsten
sofort wieder vergessen hätte,
weil ich doch wußte,
weil ich in jeder Faser wußte,
daß ich den Rest des Lebens
verdammt alleine bleiben würde mit
all diesen Seerosen, den Reihern und den Adlern,
mit all dem Keckern, Keifen, das ich von fern vernommen,
mit all dem Flirren, Flattern, das ich ganz nah geseh'n

in meinem Einbaum
an diesem schrecklich schönen Tag

## Neulich am Wasserloch: Wie einmal ein Kubaner, ein Russe, ein Spanier, ein Pole, ein Kroate und ein Italiener auf Großwild lauerten

*Ohne Auftritt des letzteren*

»Sssssssss!«
»Tsits!«
»¡Schsch!«
»Tschiii!«
»Tiho!«
»Psssssssst!«

*Großwild (denkt):*
*Gottchen.*
*Die ham ja jetzt schon ihre Hosen voll.*
*Ich glaub', für heute laß ich's lieber.*

## VI.

# *Standhaft bleiben*

## Querelle des Anciens et des Modernes

## Keine falsche Scheu vor der deutschen Grammatik

Gezeigt von Giovanni Trapattoni, seinerzeit Trainer eines bayerischen Fußballclubs, in der Pressekonferenz vom 10.3.1998

Ein Trainer sehen, was passieren in Platz.
In diese Spiel es waren zwei, drei
oder vier Spieler, die waren schwach
wie eine Flasche leer!

Diese Spieler beklagen mehr als spielen!

Strunz!
Strunz ist zwei Jahre hier,
hat gespielt zehn Spiele,
ist immer verletzt.
Was erlauben Strunz?

Ich bin müde jetzt Vater diese Spieler;
eh, verteidige immer diese Spieler!
Ich habe immer die Schulde über diese Spieler.

Ich habe fertig.

## Einmal Löwe, immer Löwe

Nach dem 0:4 zum Saisonauftakt am 28.7.2001

Meine Gefühle setzten, heftig, rasch und ohne Maß,
nicht etwa beim Gewinn der Meisterschale ein
(gelobt sei Grosser, Küppers, Perusic, gesegnet Radi),
sondern – ein Wink des Schicksals ganz gewiß! – das Jahr darauf:
als wir, war-wohl-am-Ende-der-Saison,
in Dortmund alle beiden Punkte, also unsre letzte Chance
auf die Verteidigung der Meisterschaft,
verspielten.

Wie mir jedoch der Radiomann das kundtat,
krank lag ich ohnehin und seinen knappen Sätzen ausgeliefert,
da mußte ich tatsächlich feststell'n, daß mir
hellauf die Tränen in die Augen traten.

Seither bin ich verdammt dazu,
mit unglücklichen Niederlagen zu leben
und glücklosen Unentschieden, ja, weit mehr als das: ich bin
verdammt dazu, diesen phantastischen Verein,
mit dem ich ungezählt Blamagen und Bankrotterklärungen
erlitten und
bis in die dritte Liga abgestiegen bin,
mag auch der Präsident ein schlimmes Schlitzohr,
mag auch der Trainer, bundesligaweit und -breit berüchtigt,
ein rüder rüpelhafter Eisenbeißer,
mag auch die Mannschaft eine Gurkentruppe sein: ich bin
verdammt dazu, diesen ganz & gar großartigen Verein
aus tiefstem Seelengrund zu lieben.

Nun allerdings,
nach dreieinhalb Jahrzehnten permanenter Punktverluste,
nun reicht's mir wirklich, ja, ihr Pfeifen,
ihr hochbezahlten Vollidioten, Pflaumen, faulen Säcke,
nun schwör' ich ab, ihr tölpeligen Trottel, ihr Versager,
ihr Stümper vor dem Herrn, ihr Blindgänger und Penner,
macht euren Scheiß doch jetzt alleine, ja, mir reicht's.

Es sei denn, daß ihr euch zusammenreißt
am *nächsten* Spieltag und mit einem 4:0 zumindest
das alles wieder wettmacht, bis auf weiteres.

## Nein! Sag das nicht jetzt

Nein! Sag das nicht jetzt, dämpf den Ton,
sprich von den ungeheuren stillen Weiten,
wie sie sich über Asiens Mitte breiten,
und besser noch: Du schweigst davon.

Nein! Schau nicht hierher, schau aufs Wetterglas,
als ob dort plötzlich nichts geschähe,
und noch dazu in nächster Nähe,
und besser noch: Du übersiehst auch das.

Schweig, schließ die Augen, glaub kein Wort
von dem, was ich dann nicht erzähle,
indem ich leere Silben wähle,
und besser noch: Du schleichst dich fort

an einen ruhigeren Ort.

## Am siebten Tag

verfall ich in dies schwitzende Beschwitzen,
dies schweigende Beschweigen und Bebrüten,
dies stampfende Bestampfen und Bewüten,
dies donnernde Bedonnern und Beblitzen

Die Heizung blubbt dazu und knackert, schlürft und schmatzt,
das Wasser rüpelt runter durch die weiße Wand,
im Treppenhaus stirbt ab und an ein kleines Kind,
mal kracht die Sonne in den Dachfirst gegenüber,
mal nicht. Und durch die menschenleeren Äste greift
der Wind

## Abträgliche Nebenwirkung von Restaurantbesuchen

Ballade vom Pfefferminzblatt

Verdirbt mir nun seit sieben Tagen schon
den Appetit, dieses Gesicht.
Bei einem lächerlichen Lachscarpaccio
*an grünem Pfeffer*
war's plötzlich hell entflammt am Nachbartisch
in aller Niedertracht der Schönheit und
mit Augen, die unendlich desinteressiert
durch mich hindurch sich sengten.

Ich weiß, im Grunde hätte ich
nur kurz mal mit dem Finger schnippen müssen,
auf daß sich meine eigene Begleiterin
verwandelt hätte in ein mariniertes Meerschwein
*an buntem Blattgemüse der Saison,*
wahlweise in ein lauwarm vorgelegtes Murmeltier,
das seinen letzten Pfiff angesichts meiner
herniederfahr'nden Gabel tut.

Denn alles, was jetzt weniger hermachen würde,
kam selbstverständlich nicht in Frage.
Folglich saß ich, glühenden Arsches,
vor meiner penetrant wartenden Perlhuhnbrust
*auf Safranrisotto,*
versuchte voller Inbrunst,
desinteressiert zurückzublicken oder
dem Meerschweinchen ein Kompliment zu machen –

bis schwarz mir's werden wollte vor den Augen
und ich beinahe mit der flachen Stirn
in meine müßig milde Mascarponecreme
*mit frischer Minze*
hinabgestürzt wäre: als ich entdecken mußte,
daß es – ich muß mich wohl ein Pfefferminzblatt lang
vergessen haben – daß verlöscht es plötzlich war,
dieses Gesicht.

## Beim nächsten Bier wird alles anders

Auch am anderen Ende des Ozeans
rauschen die Wellen nicht leiser,
dehnen sich Strände nicht weiter,
sind Frauen weder weißer
noch wankelmütiger als hier.

Also sag nichts.
Doch wenn du dann zum Kühlschrank gehst,
bring mir eins mit.
Aber keines von denen, hörst du,
die wir erst im Verlauf des Abends nachgeschoben.
Denn die vom anderen Ende des Kühlschranks,
die sind kälter. Und wenn du zurückkommst,
sag nichts.

## Nacht ohne Gnade (Slight Return)

# VII.

# *Neulich am Wasserloch*

## Der Bierschiss

Er kommt mit Pauke und Trompete und
am Morgen danach,
zudringlicher Bote des Urschlamms,
unüberhörbares Ereignis

Er ist gelb und schnell und
kein Freund des Konjunktivs,
er duldet den Wohlgeruch nicht noch
das Lesen der Zeitung,
kennt keine blaue Blume und verweilt nicht,
denn er ist nicht schön

In seiner Kritik der unreinen Vernunft
nennt ihn Kant das »Unding an sich«,
und damit spricht er, so glaub' ich,
ein großes Wort gelassen aus.

## Kostprobe

Mann, das neue Jahrtausend ist hart!
Wie wär's mit 'nem bißchen Gedicht?
Nö, nich' so 'nem seichten Gesäusel,
'nem süß parfümierten Gefurze,
kastrierten Gehopse um all
die Pißflecken in dieser Welt
: weil man den eignen Strahl nicht mehr
  geradeaus strikt halten kann –

auf daß du zusammenschrumpeln willst beim Lesen,
auf daß dir die Pickel platzen woll'n vor Scham
und du dir schwörst: Nie wieder Lyrik, nie!
Dann lieber gleich zum Onkel Doktor und
, schlubb,
'nen Finger in 'n Arsch
: Ja, das neue Jahrtausend ist hart!
  Wie wär's mit 'nem bißchen Gedicht?

## Schnelle Schilderung des Unfallhergangs

Es gibt so dicht rundum behaarte Männer,
so dick beborstet gurgelabwärts auch,
die schaben ihre schweren schwarzen Glieder
– erzähl'n sie ungebeten, während dir
 voll Wut die Kiefer aufeinandermalmen –
die schaben sich am allerliebsten
an weichem, unbehaartem Fleisch

Es gibt so dicht rundum behaarte Frauen,
so dick beborstet selbst noch auf den Zähnen,
die zurr'n mit ihrem zähen Zungenleder
– erzähl'n sie, näher rückend, während dir
 entsetzt die Kiefer auseinandergleiten –
blitzschnell 'nen Doppelknoten ins
Gezüngel ihrer frisch rasierten Opfer

## Verpiss dich!

Radikalsymmetrische Übersetzung aus dem Neuhochmongolischen

Laut, Mensch, und vernehmlich
hab ich die Tür hinter dir zugeknallt
das dauernde Rumgenerve
verdammt noch mal
hat nun endlich ein Ende

Wenn du's allerdings wagen solltest
hier noch mal aufzukreuzen
werd ich zum Tier
ob morgen oder erst in hundert Jahren

Worauf du einen lassen kannst

## Chanson des zweiten Siegers

Natürlich tut das weh, doch spüren kann
man es Sekunden schon bevor man ihn
kassiert, den Schlag. Natürlich stehen da
fünf weit're noch von denen drumherum
und passen auf, daß man auch ordentlich
was in die Fresse kriegt. Natürlich wischt
mitunter weich und warm ein Lichterkegel
von Wagen drüber hin, die weiterfahr'n.
Natürlich knöpfen die Passanten sich
die Lederjacken zu und wechseln schnell
die Straßenseite. Und natürlich auch
vom Eck, wie immer, leuchtet weiterhin
das Schild der Kneipe, wo man bis soeben
ein ganzer Kerl gewesen, mindestens

Natürlich tut das weh, doch spüren kann
man's erst danach. Natürlich ist das Blut,
doch schmecken kann man's erst ein paar Sekunden
zu spät: wenn man sich hochgerappelt hat,
wenn man so tut, als klopfe man verbissen
den gottverdammten Staub aus seiner Hose,
als staune man über den jähen Riß
im Hemd, wenn man so tut, als würde man
über die eigne Wange streichen, als
wär's die des anderen, auch dort, wo's unter
den Fingern fast schon schwillt, und wenn man dann
so tut, als würde man was summen, das
wie »Junge komm bald wieder« klingt, zumindest

## Wenn Steine bluten könnten

Wenn Steine bluten könnten, wäre zu vermuten,
sie täten's: bluten, bluten
und ihren Schmerz zusammenbrausen zu Akkorden –
doch diese ungeheuerlichen Fluten
wär'n schließlich niemandem mehr zuzumuten –
was glaubst du denn, warum sie Stein geworden?

## Der Blick in meine Wunde

Lang wie eine Hand und in Rot und in Schwarz,
so zeigt sie sich täglich aufs neue, sobald die
Bandagen, der Mull und der Tüll und die Gaze
entfernt sind, in all ihrer schorflosen Nacktheit –
ein schillernder Schlund, während sie ungerührt
und kühl ihren blassen Betrachter taxiert
: wie lang er sich hier wohl noch ziert

Breit wie eine Hand und rundum glattrasiert,
so stülpt sie ihr Feuchtestes schamlos nach außen
und zeigt die Drainage, wie sie ungeniert
ins flammende Fleisch ihr dringt und erst viel später
durch einen scheinheiligen Schlitz in der Haut,
als wär nichts geschehen, ins Offene führt
: doch das ist ein andrer als ich, der das spürt

Schon widmet man sich voller Eifer dem Eiter,
schon wühlt man, schon schiebt man die Schmerzgrenze weiter,
schon schabt man mich aus, bis zum Knochen hinab,
dann salbt man mich, stopft mich mit Sorgfalt zugrunde,
umwickelt mich wortlos, behängt mich mit Schläuchen,
verschiebt mich bis morgen, vergißt die Befunde
: im Weiß des Verbandes scheint schon das Gesunde

Darunter jedoch wächst mit jeder Sekunde,
gedeiht ohne Hast, ist sich meiner ganz sicher,
denn längst weiß sie ja schon den Tag und die Stunde
: meine verfluchte rotschwarze Wunde

## Inhalt

*III. Summe meiner Fehlfahrten*



*IV. Abträgliche Nebenwirkung von Kioskbesuchen*



*V. Beim nächsten Bier wird alles anders*

# Paul, das Nashorn mit der roten Mütze,

ist eigentlich ein feiner Kerl,
hat allerdings drei Nachteile: Benimmt sich
leicht unfein. Trägt ’ne rote Mütze.
Und schrumpft.

Ist’s HEUT noch so groß wie ein Ferkel,
wird’s MORGEN so klein sein wie’n Hamster
und ÜBERMORGEN wie’n Radiergummi:
wird diese Zeilen einfach ausradieren,

noch ehe ein Gedicht daraus gemacht!
DANN ist es weg, das Nashorn, während wir
an seiner roten Mütze schnüffeln werden und
uns gegenseitig gern versichern: War ein feiner Kerl, dochdoch,
der Paul.

Foto: Peter Köhn

Matthias Politycki, 1955 in Karlsruhe geboren, lebt in Hamburg und München. Sein Werk umfaßt Romane, Essays und Gedichtbände, u.a. die Romane *Weiberroman*, *Ein Mann von vierzig Jahren* und den (auch als Hörbuch erhältlichen) Erzählband *Das Schweigen am andern Ende des Rüssels.*